L'HORREUR DU BONHEUR

Collection *Le Bruit du Temps*
dirigée par Gérard Joulié, Jil Silberstein
avec le concours du Revizor

CLUB DES RONCHONS

L'HORREUR DU BONHEUR

O. BAILLY — R. CABEL — A. CARACO — J. CHALVIDANT — J. DUTOURD (de l'Académie Française) — J. GOIMARD — P. GRIPARI — C. LE VAILLANT — H. MONTEILHET — A. PAUCARD — B. PEYROTTE — X. RAUFER — J. TULARD — M. VIDAL.

EDITIONS L'AGE D'HOMME
Le Bruit du Temps

SATISFECIT

J'ai l'immense satisfaction d'avoir fondé en 1986 le Club des Ronchons, association régie par la loi de 1901 et qui se propose d'« étudier l'horreur du bonheur ». Le règlement intérieur stipule que le Club est « interdit aux femmes, aux enfants et aux animaux ». C'est un programme laconique mais dense et, chose éminemment révélatrice, personne — ami ou ennemi — n'a jamais demandé d'explication complémentaire. Il y en a assez dans ces termes pour que chacun comprenne ce dont il s'agit. Et quand j'ai proposé à Jean Dutourd d'être notre président d'honneur, il a accepté immédiatement en me répondant que le programme et les statuts lui allaient comme un gant.

Ronchon est un mot plaisant. Il fait le dos rond, il se met en boule pour se protéger des nuisances, exactement comme le font les membres du Club. Je crois très sincèrement que nous sommes en train de donner au mot une nouvelle jeunesse.

Le Club des Ronchons est une vieille taupe qui progresse sans qu'on la voie. Depuis le jour de sa fondation, il ne s'est pas déroulé d'années sans que nous enregistrions la venue d'un ou deux membres. Je prends le pari qu'en l'an 2000, nous serons une trentaine, peut-être plus. Qu'on se le dise et qu'on prenne garde. Le ronchon n'a aucune ambition réformiste, mais l'existence du Club est un défi aux lieux communs et aux banalités modernes qui défigurent le siècle.

Alain Paucard

MANIFESTE RONCHON

Chers Ronchons, mes semblables, mes frères.

Il n'y a pas de plus beau titre que le nôtre. Il est essentiel de n'être content de rien. C'est un devoir envers soi-même et envers la postérité.

Le Ronchon a une âme sensible, une âme d'écorché. Grâce à elle, il sent tout avec une acuité particulière. Est-il besoin de préciser que c'est là, avec le style (mais le Ronchon a généralement du style, fruit de sa fureur permanente) une condition primordiale pour être artiste et singulièrement écrivain.

Il faut râler sans trêve, être meurtri et exaspéré par ce que le monde vous force à prendre (ou vous prend de force), pousser des cris de douleur, ricaner, injurier, bref, être un albatros. Mais un albatros doué de la parole, qui engueule les hommes d'équipage. Nos ailes de géant nous empêchent de marcher, d'accord: ce n'est pas une raison pour se taire, c'est-à-dire pour laisser le dernier mot à la bêtise et au crime.

Le Club des Ronchons est le Jockey-Club de

l'esprit. C'est-à-dire une assemblée de gens qui ont en commun le privilège de la naissance et qui se sont réunis afin qu'on ne les confonde pas avec la canaille béate, toujours prête à gober, à s'extasier, à marcher en rangs, à se griser d'informatique, à chanter des hymnes au progrès, à dire «notre époque est formidable», bref, à se faire une gloire de son déshonneur.

Le propre du Ronchon est d'être «un homme d'un autre âge», à quelque moment qu'il naisse, sous César, sous Louis XIV, sous Napoléon, maintenant ou demain. Le grand rêve du Ronchon est de changer de contemporains. D'ailleurs il y parvient en ronchonnant. Et c'est en cela qu'il est un homme d'avenir. Les grands écrivains nous en fournissent la preuve à chaque ligne de leurs écrits: ils ne cessent de proclamer leur horreur ou leur mépris en contemplant leur temps. D'où le succès qu'ils ont après qu'ils sont morts: ils ont mangé le morceau, ils n'ont pas été dupes, ils donnent à leurs fils spirituels les futurs Ronchons leur éternelle justification (ainsi d'ailleurs qu'à leurs ancêtres les Ronchons morts): à savoir que le monde n'est d'âge en âge qu'une grande conspiration de crétins malfaisants dont il faut à tout prix se démarquer.

Etre un Ronchon, comme toute qualification honorable, suppose des devoirs. Le premier, le principal est de ne jamais succomber au péché d'indulgence, de se dire dans les périodes où l'influx vital est en baisse: «Ma foi, tant pis, il faut marcher avec son temps». Non! Il ne faut pas marcher avec son temps; car le temps ne marche que dans la merde. Et le Ronchon, mes frères, voyez-vous, ne saurait vivre en pactisant avec la merde.

Jean Dutourd
Président d'Honneur
(et très honoré de l'être) du Club des Ronchons.

PROPOS D'UN ARRACHEUR DE DENTS

Le vie n'est pas un bienfait, car un bienfait n'est jamais perdu.

Si le Club des Ronchons avait été le mouvement surréaliste, Alain Paucard aurait été André Breton.

Nombre de gens aiment venir vous déranger à l'improviste, comme ça, sans rendez-vous, en copains. L'improviste est une sorte d'improvisation dans les conventions. Rares sont ceux qui improvisent avec génie.

C'est avec un compas que l'on fait des ronds et non en crachant dans l'eau.

Si les médias n'existaient pas, nous ignorerions que l'Afrique crève de faim et elle-même n'en ferait pas tout un plat.

Mort aux martyrs!

Seuls les misanthropes sont sociables.

Les moins anticonformistes sont ceux qui ignorent l'être.

Broyer du noir n'est pas si grave que ça.

Une terre promise n'est pas due.

Etre pauvre, c'est ennuyeux. Mais il y a pire : être prolétaire. Revendiquer la pauvreté est catastrophique.

Aujourd'hui il faut dire : « l'art est facile, la critique est impossible ».

La jeunesse étrangère possède une supériorité sur la française : elle vit à l'étranger.

J'aime visiter les églises depuis que Dieu n'y vit plus.

Demain, toujours demain ! dit l'optimiste.
Là-haut, toujours là-haut ! dit le croyant.
Ici et maintenant ! disent les pressés.
Et nous, qui ne sommes ni d'ici, ni de maintenant, qui n'irons pas là-haut et qui n'attendons pas demain, que faisons-nous là ?

Je discutais, l'autre nuit, avec le fantôme de Céline. Il me disait que le Ciel est pareil à la vie terrestre. Lui qui pensait pouvoir enfin se reposer, est sans cesse sur la brêche pour remettre Sartre à sa place.

On m'a raconté que de l'autre côté du périphérique, vivent des sortes d'hommes, mais je ne crois guère à ces histoires.

Olivier Bailly

LA BANLIEUE, CET AUTRE MONDE
suivi d'un
PETIT LEXIQUE DES IDÉES REÇUES DE BANLIEUE

A Ghislaine

La banlieue n'est plus ce qu'elle était.

Cette petite banlieue qu'a chanté Charles Trenet, les petits jardins autour de la capitale, une certaine douceur de vivre et de sentir les choses, de tout cela, il ne reste rien.

L'horrible XXe siècle, stade suprême de l'uniformité, du mauvais goût, s'est installé.

Céline l'avait constaté: «la banlieue parisienne, paillasson devant la ville où chacun s'essuie les pieds».

Les apprentis-sorciers criminels qui ont conçu les horribles tours de la Défense et les misérables «cités-dortoirs» courent toujours et, qui plus est, impunis. Les sociologues sont à court d'idées, les éducateurs n'ont plus rien à enseigner. Seuls quelques auteurs français de romans policiers modernes, en quête de désespoir à bon marché, cherchent vainement à exprimer une «poésie urbaine» qui n'intéresse qu'eux-mêmes.

Les pouvoirs publics, «conscients des erreurs passées», entreprennent de rénover et souhaitent humaniser nos banlieues dans le grand élan de charité qui leur est propre aux environs de chaque décade. Il faut «redonner une âme à nos cités».

Seulement, pour donner une âme à quoi que ce soit, il faut de la grandeur, du dépassement de soi-même, du cœur et du panache. En bref, des qualités humaines que n'auront jamais les ilotes qui peuplent les ghettos de Stains, Bondy, Ivry, Sarcelles et j'en passe.

De toute manière, ces banlieues limitrophes quart-mondisées n'intéressent plus personne. Le banlieusard moyen prend la fuite, lassé d'écraser des seringues sous ses pieds et de voir ses murs couverts de graffitis. Il abandonne et s'expatrie; par nécessité d'abord, et ensuite parce qu'il succombe aux publicités idylliques des promoteurs qui lui vantent le charme des villes nouvelles, verdoyantes et luxuriantes. L'Eden à atteindre: «l'accession à la propriété». En clair: l'endettemment à vie.

Tel un pionnier, il part à la conquête des espaces nouveaux, faisant fi des kilomètres. L'espoir est à ce prix.

Saint-Quentin en Yvelines et Marne-la-vallée seront bientôt dépassées. Le résultat de tout ça? Des maisons individuelles à perte de vue: le lotissement ou HLM à l'horizontale.

Vu de dessus, on dirait une réserve pour sauvages modernes, des «cases» à l'occidentale. S'agissant de minorités ethniques, on parlerait de crime contre l'Humanité, alors qu'ici, il est question du bonheur.

Le boire et le manger sont généreusement distribués par le centre commercial, véritable temple de la vie moderne. Les loisirs aussi, puisque généralement y sont inclus les *bowlings*, les cinémas et les patinoires. Les repas hors du domicile sont assurés par les *pizzerias*, les Mac Donald's et autres gargottes tout aussi pittoresques les unes que les autres et parfois « sympas », à ce qu'on dit.

Les sportifs et les « amoureux de la nature » ne sont pas oubliés, ces admirables cités étant pourvues d'espaces verts (jardins), de plans d'eaux et de saines bases de loisirs. Et pour tout cela, comptez environ quatre heures de transport par jour et des traites à faire pâlir un Céar Birotteau.

Pour le même prix, vous avez Merlin-plage et le Club Méditerranée, A VIE ! L'instinct grégaire de mes contemporains me ravira toujours.

En groupe, toujours en groupe, voilà le credo universel. De Chevilly-Larue à Parly 2, ce sont les mêmes ardeurs, apéritives, sportives et automobiles. Banlieues, je vous hais ! Le béton d'aujourd'hui, c'est les idées reçues de demain.

Jamais adage ronchon n'aura été aussi vrai : « La barbarie commence au périphérique ».

PETIT LEXIQUE DES IDÉES REÇUES DE BANLIEUE

ASSURANCES : « Un vol manifeste ».
CULTURE (Emissions culturelles à la télévision) : « Ça passe toujours trop tard ».

BANDE DESSINÉE: «Pas que pour les gosses».
CHAMPS-ÉLYSÉES: «Surtout beau quand c'est éclairé».
DANSEURS: «Tous des pédés!» Ecrire P.D.
DÉBILES MENTAUX: «Faut pas se moquer, c'est pas de leur faute».
ENFANTS: N'ont pas demandé à venir au monde.
FILMS (sous-titrés): «C'est encore en Anglais!»
FRANCHISE: Rare. «Y'a que la vérité qui blesse».
GOÛTS: «Les goûts et les couleurs, ça ne se discute pas».
GUITARE: Beau quand c'est bien joué.
HANDICAPÉS: «Te marre pas, ça peut t'arriver».
HOMOSEXUALITÉ: Tous les goûts sont dans la nature.
IMMIGRÉS: «Faut pas dire, ils sont pas tous mauvais».
JEUNESSE: La galère.
JUIFS: «Ils sont partout».
LECTURE: A tête reposée. «T'es marrant, toi, faut le temps». «On voit bien que t'as pas de gosses».
MITTERRAND (François): «On dira c'qu'on veut, c'est quelqu'un».
PÉDÉS: «Du moment qui m'font pas chier...»
PEINTURE: «Un beau tableau, ça a de la gueule».
PTT: Toujours en grève.
REFRAIN: entraînant.
SINCLAIR (Anne): «Quelle salope, quand même».
SÉCURITÉ SOCIALE: «C'est bougnoule et Cie».
SEXE: «Quand le cul va, tout va».
VACANCES: Toujours trop courtes.

VERRE (le dernier, au bar): «C'est pas tout ça, faut que j'y aille».
VIN (Bon): Avec le fromage.
VIOL: «Quand tu vois ce qu'elles portent sur le cul, elles le cherchent».
WEEK-END: Sacré.

Remi Cabel

BRÉVIAIRE DU CHAOS
(Extraits)

Quand nous nous effrayons, malgré la stupeur où nous subsistons, les gazetiers s'emploient à dissiper nos craintes et l'on ferait de leurs promesses l'Anthologie de l'Imposture. Un jour, nous boirons l'eau des pôles, où les banquises serviront à nos besoins ; un jour, nous métamorphoserons toute chose en nourritures succulentes ; un jour, les monceaux de déchets s'enfonceront dans les entrailles de la terre, après avoir été massés le long des lignes de fracture, au fond même des océans ; un jour, nous coloniserons, l'une après l'autre, les planètes. Ces contes à dormir debout sont publiés au moment où les trois quarts de l'espèce vivent plus mal que nos chiens ou nos chats, sans espérance de sortir de leur abjection au moment où le dernier quart, auquel on promet l'abondance sans limites, a quelque raison de douter de la validité de ces merveilles. Car il suffirait d'une guerre, pour que la fin se répandît, à la vitesse de l'éclair, par vagues successives, à la surface de ce globe et que les survivants de l'horreur absolue, languissent sous le joug de l'antique indigence.

Un homme digne de ce nom, au siècle d'à présent, ne croit à rien et s'en fait gloire.

Nos intellectuels ne savent que jouer et nos spirituels ne savent que mentir, aucun ne songe à repenser le monde, aucun ne nous propose les moyens d'arpenter l'évidence, ils veulent tous faire carrière et l'on admire l'art avec lequel ils se ménageront les uns les autres et sans jamais blesser les convenances.

Le retour à la source est le premier devoir ou c'en est fait de l'homme. Aussi les rares penseurs dignes de ce nom s'occupent-ils d'ontologie et d'étymologie, afin de rétablir une métaphysique, alors que les petits esprits soucieux d'être avec la mode, s'abîment dans la contemplation du social, ce détail subalterne. Car la société n'est rien, c'est une forme et dont la masse de perdition sera le contenu, c'est la mêlée des somnanbules spermatiques, c'est une chose méprisable infiniment et dont le philosophe n'aura point souci. L'histoire est l'œuvre des grands hommes et le champ clos où se mesurent les élites; la foule est admise au spectacle et quand elle est enveloppée dans sa ruine, ses morts ne comptent pas plus que des mouches.

L'on nous engage dans un labyrinthe, en nous parlant de la communication, et l'on nous force à reculer pour l'amour du dépassement futur et de l'épanouissement final. Nos maîtres à penser ne sortent plus de la logomachie et quand ils ont remplacé trois douzaines de mots, que nous entendons, par trois douzaines d'inconnus et moyennant lesquels ils formeront un code à leur usage, ils nous apprennent qu'ils ont jeté de nouvelles bases et nous convient à leur payer un tribut d'admiration. Jamais les explications du monde ne furent aussi misérables, les poids et les mesures étant faux, les points de référence tous problématiques et je ne parle de l'acceptation des termes, nous entrons dans le chaos des idées et c'est à quoi la prostitution des mots nous achemine.

L'Europe est riche et faible, l'Histoire nous enseigne que le devoir du riche est d'être plus fort que le pauvre ou de s'attendre au pire. Nos spirituels et nos intellectuels éprouvent cependant un sentiment de culpabilité si prononcé qu'ils persévèrent dans l'erreur, qui les enivre, parce qu'elle est généreuse, ils craignent de tomber dans le Racisme, en cas de désabusement. Je suis persuadé que nous nous désabuserons trop tard et que le Racisme a de l'avenir.

Nous n'éviterons ni la Faim ni le Racisme, ceux qui prétendent le contraire nient l'évidence ou cherchent à nous égarer.

Il n'est pas bon d'avoir raison trop tôt en l'univers où nous ne sommes toujours pas contemporains les uns des autres, il n'est pas bon d'avoir raison trop tôt et de mourir honteusement, par voie de conséquence.

Albert Caraco
(1920-1972)

C'EST PAS DRÔLE TOUS LES JOURS

Après quarante ans d'une vie rangée, vouée à la défense des intérêts d'autrui, et quelquefois des miens, il est temps que j'avoue: je suis un ronchon.

Un vrai de vrai. Pur et dur. Fabriqué dans la souffrance après la guerre, gavé au lait concentré Nestlé, badigeonné au Mercurochrome qui tache, purgé au Vermifuge lune, pantalonné pattes d'éléphant façon Bodygraph. Bref, marqué par un tel départ, j'étais déjà bien équipé pour devenir Ronchon numéro 8 (c'est marqué sur ma carte).

Et si, pris de spleen, je survole ma vie, j'ai le regret de constater que rien depuis ne s'est amélioré. Oui, on m'a évité la banqueroute de Law, Fachoda, Mers el Kebir, Dunkerque et l'Holocauste, et j'ai catégoriquement refusé de poser en Babygros dans «Play Mec»; en contrepartie, j'ai dû subir mille vexations.

A l'école déjà, quand on me piquait mes plumes Sergent major, et que j'allais ronchonner les mains sur la tête, à côté du Godin qui fumait puant, à la fac ensuite, quand des révolutionnaires de mes deux ont voulu à coups de pavés m'empêcher de me culturer; au bureau, où il est de plus en plus difficile de gagner sa brique par jour, et même quand je fais «36 15 code Grololo» en fantasmant sur Béatrice Dalle. La galère!

Alors, des motifs de ronchonnage, j'en ai plein le porte-bagage: la famille (les morts ont bien de la chance, ils ne la voient qu'une fois par an), les copains (qui ont toujours rendez-vous avec des Suédoises canon), les petits camarades de bureau qui vous piquent le papier stroumff, les possesseurs de voitures automobiles (en particulier femmes et immatriculées 92), les films X de Canal + qui passent tellement tard qu'on s'endort avant de connaître la fin de l'intrigue, les Chaussettes noires qui n'ont rien fait de bien depuis 1964, Michel Droit qui se prend pour Lucky Luke, Mitterrand-Dieu qui squatte un peu trop ma cantine (Le Pouilly Reuilly 48 45 14 59), ou nos compagnes qui ont appris dans Cosmo l'impératif besoin d'arriver à l'orgasme.

Et puis, façon chien de Pavlov, il y a des noms qui me font inmanquablement ronchonner. En vrac Fabius, Durafour, Sulitzer, Depardieu, Line Renaud, Renaud, Aimée Mortimer, Jean Genet, BHL, Enid Blyton, Le Carré, Vigouroux, Pons, Popeck, Guy Béart, Fleury Michon, Roger Martin du Gard, Polac, Lacouture, l'évêque Cauchon, Jeanne d'Arc, Pierre Richard, Jean Richard, Richard Anconina, Jacques (et Thierry) Martin, Yvan Levaï, Dorothée, Cesbron, Tapie, Justin Bridou, JJ Goldmann, Le Clézio, Duras, Mandela, Tutu (la voix de son maître), Bambuck, Cramoiset et Champlure, Marek Halter, Balavoine, Zappy Max, J.F. Kahn, Mgrs Lefebvre, Gaillot et les autres, Gisèle Halimi, Master & Johnson, l'OM,

Wolinsky, Leprince Ringard, Christophe Lambert, Jack Lang, Kouchner (un tiers-mondiste, deux-tiers mondain), Anne Sinclair, Plastic Bertrand, Bohringer, Jean Nohain, Miou Miou, Jean-Pierre Léaud, Sartre, Sagan, Charasse, Michel Noir, Lio, Jean-Pierre Kalfon, Stoleru, Julien Dray, Francis Huster, Le Forestier, Goude, 14 juillet, Piccoli, Hanin, Reiser, Rock Hudson, Marcel Fort, Soldat Louis, Harlem Desir, Frédéric Mitterrand, Albert Raisner, Léon Blum et Michael Jackson.

Ceci pour nc citer que les plus anodins. Et quand je vais en grande pompe dans les diners en ville, on n'a de cesse de me servir des plats ronchonnatoires: chou rouge, riz au lait, carottes, navets, poireaux, poivrons, melon, concombre, voire cachou Lajaunie. Oui, vivre en ronchon est un chemin de croix perpétuel.

Un désert. Rien à quoi se raccrocher. Même les valeurs sûres dégringolent: Chirac passe chez Sébastien, Léotard se prend pour mini-Mimoun, Giscard ne joue plus d'accordéon, Prost mange des spaghettis, Elvis a éclaté et Johnny Cash ânone des gospels. Et si on cherche bien, moi-même je ne me sens pas très bien.

D'ailleurs, le Club des Ronchons, parlons-en! Moi qui exhibe ma carte, qui la porte en permanence épinglée à mon revers, je constate avec dépit que côté passe-droits, tintin! Pas de droit à une place assise dans le métro avec les femmes enceintes et les invalides de guerre, pas de nuits d'amour avec Bo Derek, ni même avec Pauline Carton, pas de petits déj à Latché, pas de martingale au 421, pas de revalorisation de mes Bons de la Semeuse, pas même la Légion d'honneur (ça, c'est particulièrement honteux). Essayez de glisser votre carte dans un distributeur de billets: nib; rien. Dans un taxiphone, itou. Notre président bien aimé Paucard Alain prétend qu'au One Two Two,.ça pourrait marcher, mais je suis incapable de retrouver l'adresse... Alors, dans une crise de prosélytisme aigüe, j'ai voulu nous faire connaître: dans l'allée de la Longue Queue, au bois de Boulogne, j'ai apporté mon escabeau, un porte-voix et lancé officiellement le «Ronchon's corner». Mais mon brésilien n'était pas au point, j'ai dû renoncer... Rien, l'inefficacité totale. Bidon, le club des ronchons? Non, pas complètement, mais enfin, on peut se demander, si, et que des fois...

Un jour, je le sais, les valeurs seront enfin remises à l'envers; un clair matin glorieux, les Ronchons prendront le Pouvoir et diront tout haut ce que personne ne pense. Enfin, le haricot de mouton sera obligatoire chez Mac Do; on ne boira que du Liley rouge et du Ladoix côte de Beaune 71. Paucard sera à l'Académie et Dutourd dirigera une station-service. Un monde de paix, de calme et d'égoïsme, fait par et pour les ronchons.

Et moi, je foutrai le camp en bateau, loin.

Parce qu'entendre ronchonner, ça me gonfle!

Jean Chalvidant

LES LAVANDIÈRES SAINTE-OPPORTUNE

Mes chers Ronchons,

Etre sérieux dans un siècle de blague n'est pas une petite affaire. Il me semble pourtant que c'est ce que nous faisons. La blague est partout : dans la politique, dans les tribunaux, dans les journaux, dans les arts, dans la littérature, sans parler de la blague sanglante des terroristes et de la vieille blague de la Révolution en marche qui, du moins, celle-là, commence à boitiller. L'honneur du Ronchon consiste à ne jamais couper dans les blagues du monde, c'est-à-dire à ne jamais perdre son sang-froid, à refuser inflexiblement de se joindre aux blagueurs. J'appelle âme pure l'homme qui n'a jamais signé une pétition. Moi qui vous parle, hélas ! J'ai bien dû en signer deux ou trois, quand j'étais jeune, avant d'avoir pris conscience des devoirs du Ronchon envers soi-même.

Heureusement j'ai assez vite compris que j'étais un Ronchon et qu'à ce titre, il y avait des choses que je ne pouvais pas me permettre, et d'autres dont je ne pouvais pas me dispenser. Par exemple que je n'avais pas le droit d'être du même avis que les majorités quelles qu'elles fussent, que lorsque le monde disait noir, je devais automatiquement, sans réfléchir, dire blanc, car une idée cesse d'être vraie quand elle est partagée par le plus grand nombre. Je veux dire par là qu'elle se schématise, qu'elle se simplifie, qu'elle devient une caricature, et surtout un instrument d'intolérance.

Pendant des années, j'ai cru que j'étais le seul Ronchon authentique de notre temps. En effet, j'étais le seul à écrire ce que j'écrivais, et surtout le seul à l'écrire gaiement. Autour de moi, dans la presse et dans la littérature, tout le monde était grave, lyrique, triste, enthousiaste, témoin de son temps, lucide et désespéré (ou désespéré sans être lucide), engagé, dégagé, nouveau roman, nouvelle vague, nouveau philosophe, nouveau langage, adepte de lendemains chanteurs. Bref, depuis l'âge de dix-huit ans, j'ai traversé je ne sais combien de générations de blagueurs. Je me disais philosophiquement que c'était probablement inévitable, que toutes les générations, y compris la sienne propre, surtout la sienne, sont des conglomérats d'imbéciles, qu'il fallait en prendre son parti, que j'étais né avec une tête de chien et que de ce fait je ne ressemblerais pas aux autres, mais qu'une tête de chien n'est pas sans avantage, car elle donne de la légèreté au style, ce qui après tout est le principal, tout au moins pour un écrivain français du genre traditionnel.

Vieillir offre des joies qu'on ne connait pas assez. D'abord on a celle d'enterrer un certain nombre de raseurs et de malfaisants, dont on a contemplé pendant vingt ou trente ans la sale gueule, dont on pensait qu'on la contemplerait toujours, qu'elle vous accompagnerait jusqu'au tombeau. En second lieu, on fait connaissance avec des jeunes gens qui sont presque la postérité, c'est-à-dire qui ne connaissent pas les injures dont on a été abreuvé, ni les calomnies qui ont finit par vous dessiner une figure mensongère. Ils lisent vos livres, les chers petits, comme si c'était des livres d'autrefois et ils vous aiment pour vous même comme si on était mort depuis cent ans, avec l'agrément supplémentaire qu'ils peuvent vous faire des visites. Enfin on rencontre Alain Paucard, qui a un bon sourire, une bonne figure ronde, et qui vous explique que vous n'êtes pas seul au monde, qu'il a fondé un club des Ronchons où il y a justement des gens comme vous, qui sont plus portés à rire de l'universelle blague qu'à lui apporter leur contribution.

Rire n'est jamais une activité innocente. Elle l'est moins encore aujourd'hui qu'elle ne l'était par le passé. L'homme qui rit est haïssable à tous les pouvoirs, qui veulent bien être fustigés avec indignation ou colère, mais qui ne supportent pas d'être condamnés dans l'hilarité. On a aboli sans difficulté la peine de mort pour les brigands, mais la masse, c'est-à-dire la canaille, est toujours prête à lyncher les rieurs. C'est pourquoi il est prudent de se réunir le soir, loin de l'opinion publique, dans un restaurant de la rue des Lavandières-Sainte-Opportune.

Comme péroraison, je vous citerai une parole profonde, qui nous va comme un gant, et qui pourrait être notre devise. Elle est d'un grand Ronchon de style Louis XVI, le sublime Rivarol: «Enfermé dans ma paresse, je voyais croître autour de moi ma réputation de méchant sans qu'il m'en coutât d'autres crimes que quelques gaietés et je me disais : les Néron, les Caligula commettaient bien des crimes pour se faire craindre ou haïr, tandis qu'avec quelques plaisanteries ils auraient passé pour des monstres». Nous sommes des monstres, mes chers Ronchons. Soyons en fiers. Persévérons dans notre être.

Jean Dutourd

GLISSADE SINGULIÈRE D'UNE ASYMPTOTE SUR LE VERGLAS

Chers amis,

Vous me demandez un texte, et précisez que j'aurai toute liberté d'écrire ce que je voudrai. Terrible contrainte! La liberté, si elle existe, est une denrée chère, et si vous m'invitez à exercer la mienne, je crains que vous ne tendiez à susciter une sorte de profession de foi. Or je n'ai aucune foi à proférer. En vérité, je crois que je ne crois à rien; mais j'ai des doutes. Et c'est au nom de ces doutes que je tenterai de tenir la plume pour quelques lignes encore.

La notion de club m'est chère. J'ai fondé, entre autres, le Club des Amis du Club des Amis, le Centre d'Etudes des Coins de l'écran et la Société Meldoise des Petites Filles et d'Opprobre. Mais ces associations sont imaginaires ou dans le meilleur des cas vélléitaires. La vôtre est bien réelle, et même sympathique, ce qui la rend plus tangible encore.

Ronchon? Je le suis à mes heures. Peut-être me manque-t-il trop souvent un je ne sais quoi de grincheux et de bougonnant. Mais pour la morosité silencieuse, je ne crains personne. Et je peux vous écouter ronchonner sans me lasser.

Reste l'idée centrale: étudier l'horreur du bonheur. Je dis bien étudier, non éprouver. Beaucoup de gens se disent heureux, ou voudraient l'être. D'autres moins nombreux, s'aperçoivent qu'ils ne le sont pas et tombent de leur haut. Cette horreur-là est teintée de nostalgie. Ceux qui considèrent les gens heureux en frissonnant ne sont peut-être pas beaucoup moins nostalgiques. D'autres finissent par se dire qu'on n'échappe pas à cette malédiction et qu'on peut tout au plus l'apprivoiser en l'étudiant. Ils s'émerveillent de notre désir d'illusion et de notre horreur de la désillusion. L'étonnement leur procure une fraîcheur que j'envie, et que parfois, telle une asymptote rêveuse, je ne désespère pas d'atteindre.

Une vocation d'asymptote se décide très tôt. Je ruminais la mienne depuis quelques années quand survint le désastre de 40. Mes parents le vécurent comme un éboulement; je le perçus comme leur écroulement: toutes les valeurs qu'ils cherchaient plus ou moins consciemment à me transmettre en furent affectées du signe moins. Il faudrait en citer beaucoup; je m'en tiendrai au patriotisme, puisqu'il s'agit d'une défaite militaire. La France est mon pays et je ne m'y sens pas chez moi.

L'expérience des vérités successives a le pouvoir de tout transformer en mensonge. En 40, une vérité succèda à une autre; même jeu en 44, puis en d'autres occasions, si nombreuses que j'ai renoncé à comptabiliser les métamorphoses. Fallait-il remettre un peu d'ordre dans ce chaos ? J'ai espéré y arriver en me passionnant pour l'histoire. J'y ai trouvé d'autres vérités successives, plus nombreuses encore. Et une impression : les vérités les plus contradictoires s'engendrent l'une l'autre.

C'est un point sur lequel je ne ressemble pas à certains ronchons de ma connaissance. Je ne crois pas m'être trompé de contemporains ; je n'ai jamais l'impression que j'aurais été plus heureux si j'avais vécu dans telle ou telle époque passée. Je connais assez l'histoire pour admettre qu'il n'y a là qu'une illusion parmi d'autres.

Alors, l'avenir ? Il est souvent un peu trop prévisible pour l'historien qui se veut spectateur de son temps et garde de s'engager. L'engagement nous empêche d'avoir les idées claires et nous fait prendre nos désirs pour des réalités. Quand on cesse de vouloir influer sur les événements, on est bien près de les comprendre. Et l'on voit que l'avenir ressemble de bien près au passé.

Somme toute, ce présent où je ne me sens pas bien me fournit la seule biosphère accessible. J'étudie mon malaise, qui est un peu celui des autres, et je suis très impressionné de les voir édifier tant de châteaux de cartes sur la fiction du bonheur. Il est vrai que le bonheur est une fiction, mais toute fiction est aussi un bonheur et je peux même éprouver le bonheur de l'horreur, ce qui me remonte le moral de temps en temps.

Jacques Goimard

CONTRE LE BONHEUR

Comme chacun sait, le bonheur est une idée révolutionnaire. Rien d'étonnant donc à ce que ce soit également une idée fausse.

Dans la 125ème de ses *Lettres persanes*, Montesquieu fait remarquer que, si les religieux font preuve d'une belle inventivité quand ils détaillent les tourments de l'Enfer, ils paraissent au contraire frappés d'une singulière impuissance imaginative quand il s'agit de décrire la béatitude des Elus... Observation qui se confirme quand on lit, par exemple, *La Divine Comédie*, ou quand on regarde les tableaux des primitifs flamands.

Encore ne s'agit-il ici que d'élucubrations d'artistes. Mais les textes religieux présentent la même dissymétrie.

Laissons de côté l'Ancien Testament, qui est rigoureusement matérialiste et qui nie formellement toute espèce d'au-delà rémunérateur et vengeur. Mais le Jésus des Evangiles est curieusement discret quand il parle de son Royaume, et tellement plus concret quand il promet aux mécréants : « le feu qui ne s'éteint point » ou « les ténèbres extérieures où il y aura des pleurs et des grincements de dents » !

Même observation pour l'Islam. Le *Miradj*, qui est un texte admirable au point de vue de l'imaginaire, confirme point par point ce que disait déjà le Koran : les damnés seront lardés, embrochés et brûlés, piqués par des scorpions, pendus par les cheveux, ébouillantés, rôtis. Les élus, eux, séjourneront dans un jardin suavement immodifiable, assorti d'un bistrot céleste et d'une espèce de bordel magique. Il sera permis d'y boire du vin, servi par des hôtesses toujours vierges et des petits garçons éternellement jeunes. On me dira, bien sûr, que tout cela est symbolique... Mais justement c'est le symbole qui est précis, lui seul, la chose symbolisée reste entièrement obscure ! De toute façon l'islam des masses populaires, le seul Islam réellement cru et pratiqué, c'est celui qui promet aux fidèles un séjour à perpétuité dans ce boxon paradisiaque, dans ce camp de béatitude concentrationnaire, propret, climatisé, bien ordonné, modèle, effroyablement ennuyeux, où la seule distraction sera le voyeurisme sadique, car les Elus contempleront de loin les supplices des damnés. C'est la télévision du Bon Dieu !

Bien entendu, ce n'est pas la faute des musulmans, non plus que celle des chrétiens, si le bonheur est inimaginable. Pour peu qu'on cherche à le définir, on s'aperçoit très vite qu'il est uniquement négatif. Ce serait à la fois l'absence de douleur, l'absence de contrainte, l'absence de problèmes, d'emmerdements, de contrariétés, l'absence de désir, d'action et de plaisir, la parfaite sécurité. Etre heureux, en un mot, cela consisterait à jouir de tous les avantages de la mort, tout en gardant un œil rêveusement ouvert, sans trouble, sans inquiétude, sur le spectacle du monde. En d'autres termes, les fantômes seuls seraient heureux, s'ils existaient.

Ou plutôt non, je me trompe. Car on trouve le bonheur en ce monde, mais uniquement chez les autistes, les schizophrènes, les idiots, les drogués. C'est bien pourquoi tous ces gens-là sont murés en eux-mêmes, inatteignables, imperturbables, inguérissables justement parce qu'ils ne désirent pas guérir... Mais faut-il les envier?

Imaginons maintenant une société vouée au bonheur.

Toutes les fois, dans l'histoire, qu'une classe dominante a consolidé son pouvoir, vaincu ses adversaires et jugulé l'opposition, qu'arrive-t-il à la génération suivante? Les pères, qui ont mené le combat dans l'intérêt de leurs enfants, s'aperçoivent avec horreur qu'ils ne mettent plus au monde que des héritiers indignes: de purs consommateurs, d'irresponsables fainéants, bien décidés à jouir de tout sans rien donner en échange, qui ne tarderont pas à faire de la nouvelle élite une classe parasitaire, promise à la déchéance et à la mort. Heureusement il y a toujours des malheureux, non seulement pour produire les biens nécessaires, mais aussi, mais surtout pour prendre la relève et se substituer, progressivement ou violemment, aux nantis incapables. Une société dont toutes les classes seraient heureuses ne tarderait donc pas à devenir une société de voyous avachis, d'égoïstes féroces, une cité de l'ennui, de la névrose, de l'angoisse et du crime.

Pourquoi tout cela? Pour une raison bien simple: l'homme n'est pas fait pour le bonheur. Il a besoin de l'insatisfaction, de la difficulté, de la recherche, de la lutte, et même de l'ennemi. S'il prétend désirer la résolution des conflits, la liquidation des obstacles et la réalisation de ses vœux, il se trompe, il se ment à lui-même. Il faut combattre l'adversaire, non pour qu'il cesse d'être l'adversaire, mais au contraire pour qu'il le reste. Si vous avez un bon ennemi, soignez-le bien surtout, gardez-le précieusement, ne vous en séparez sous aucun prétexte! Et ne rêvez surtout pas de reddition sans condition ni de victoire totale!

S'il m'est permis de me citer, j'ajouterai encore ceci: j'ai écrit quelque part quelques pages d'essai sur les rapports étroits qui existent, selon moi, entre le rire et l'horreur. Ce qui fait rire est aussi ce qui inquiète, ce qui effraie, ce qui affole ou terrorise. Le comique, c'est le frère joyeux du scandale; l'humour, c'est le frère souriant de l'angoisse. Un monde sans conflit serait aussi un monde sans gaîté. En Enfer on peut rire, entre deux grincements de dents. Au Paradis l'amusement est impensable. Peut-être même y serait-il blasphématoire ou criminel.

Point n'est besoin, d'ailleurs, d'aller chercher si loin. Nous pouvons constater, dans la vie quotidienne, que les gens réellement enviables ne sont pas ceux qui se complaisent dans la contemplation d'une béatitude suspecte, le plus souvent exagérée, feinte ou simulée, proposée en exemple ou destinée à édifier les petits copains. Les gens réellement enviables ne se disent pas heureux parce qu'ils s'oublient eux-mêmes. Ils sont happés par un travail qu'ils aiment, une tâche qui les passionne, les enrichit, les intéresse, à laquelle ils se donnent tout entiers. Autrement dit le vrai bonheur, comme le « non-désir » des bouddhistes, fait partie de ces choses qu'il faut savoir trouver, mais qu'il ne faut surtout pas chercher !

Ce vrai bonheur, pour plus de clarté, j'éviterai de l'appeler bonheur. Je l'appellerais plutôt contentement.

Le contentement n'exclut ni l'insatisfaction, ni l'ambition, ni l'impatience, encore moins la rouspétance et pas même la colère. Ce qu'il exclut, en revanche, c'est l'ennui, la mauvaise conscience et la délectation morose. Non qu'il suppose l'optimisme, bien au contraire ! Il n'est jamais plus solidement fondé que sur le refus délibéré de toute espérance, qu'elle s'appelle Royaume des Cieux ou Société sans classes. Il est le désespoir, mais le désespoir jovial.

On me dira que c'est du nihilisme. C'en est, mais pourquoi pas ? Au nom de quoi devrions-nous aimer la vie ? Nous n'avons pas à aimer la vie, puisque nous la sommes, et chacun de nous n'est qu'un grumeau de la Vie universelle. Or on n'aime pas ce qu'on est, mais toujours autre chose.

« La gaîté, c'est l'argent comptant du bonheur », écrit Schopenhauer dans ses *Aphorismes sur la sagesse dans la vie*. Eh oui ! Schopenhauer lui-même ! Par *bonheur* il entend, bien sûr, ce que j'appelle contentement, car il n'oublie jamais l'horreur fondamentale, qui est l'horreur d'exister.

D'où cette conclusion pratique, aussi contradictoire en apparence que nécessaire en fait : ronchonnons et jouissons, rigolons et râlons, refusons le bonheur mais rendons-nous contents.

Pierre Gripari

L'ESPRIT RONCHON DANS L'ÉCRITURE SAINTE

L'Eternel se repentit d'avoir fait l'homme sur la terre et il fut affligé en son cœur.
(*Genèse*, ch. 6 v. 6)

Je vous ferai bien voir des Egyptiens et, quand vous partirez, vous ne partirez pas les mains vides. Chaque femme demandera à sa voisine des vases d'argent, d'or, et des vêtements dont vous couvrirez vos enfants. Ainsi vous volerez les Egyptiens.
(*Exode*, ch. 3 v. 21-22)

Est-ce uniquement par Moïse que Dieu parle? Ne parle-t-il pas aussi par nous?
(*Nombres*, ch. 12 v. 2)

Quand tu t'approcheras d'une ville pour l'attaquer, tu lui offriras la paix.
(*Deutéronome*, ch. 20 v. 10)

L'esprit de l'Eternel quitta Saül, qui fut agité par un mauvais esprit qui venait aussi de l'Eternel.
(*I Samuel*, ch. 16 v. 14)

Tant que l'enfant était vivant, je jeûnais et je pleurais... mais maintenant qu'il est mort, à quoi bon? Puis-je le faire revenir?
(*II Samuel*, ch. 12 v. 22-23)

L'Eternel dit: «Qui trompera Achab pour qu'il monte à Ramoth en Galaad et qu'il y périsse?»... Un esprit se présenta devant l'Eternel et dit: «Moi, je le tromperai... Je serai un esprit de mensonge dans la bouche de tous ses prophètes.»
(*I Rois*, ch. 22 v. 20-22)

Comme Elisée montait, des petits garçons sortirent de la ville et se moquèrent de lui en disant: «Monte, chauve! Monte, chauve!» Il se retourna, les regarda et les maudit au nom de l'Eternel. Alors deux ours sortirent de la forêt et déchirèrent quarante-deux de ces enfants.
(*II Rois*, ch. 2 v. 23-24)

La trente-neuvième année de son règne, Asa eut les pieds malades et souffrit beaucoup. Cependant, même alors, au lieu de se confier à l'Eternel, il consulta les médecins.
(*II Paralipomènes*, ch. 16 v. 12)

La femme de Job lui dit: «Et tu persévères dans ta pitié! Maudis donc Dieu et meurs!»
(*Job*, ch. 2 v. 9)

Recourir à la force? Il est tout-puissant!
A la justice? Qui jugera entre nous?
Même juste, ma bouche me condamnera.
Même innocent, il me déclarera coupable.
(*Job*, ch. 9 v. 19-20)

Si ton ennemi a faim, donne-lui du pain.
S'il a soif, donne-lui de l'eau.
Ainsi tu amasseras des charbons ardents sur sa tête
Et Dieu te récompensera.
(*Proverbes*, ch. 25 v. 21-22)

Ne sois pas trop juste ni trop sage. Pourquoi te détruire?

Ne sois pas trop méchant ni trop fou. Pourquoi mourir avant ton heure?
(*Ecclésiaste*, ch. 7 v. 16-17)

J'ai dit au roi de Juda: Accepte le joug du roi de Babylone, soumets-toi à lui et à son peuple, et tu vivras.
(*Jérémie*, ch. 27 v. 12)

Ne vous glorifiez pas d'avoir Abraham pour père, car je vous dis qu'avec ces pierres Dieu peut faire des enfants à Abraham.
(*Matthieu*, ch. 3 v. 9)

...le juge inique se dit : Bien que je ne craigne pas Dieu et que je ne me soucie de personne, je ferai tout de même justice à cette veuve, pour qu'elle ne vienne plus me casser la tête.
(*Luc*, ch. 18 v. 4-5)

Les prêtres juifs dirent à Ponce-Pilate : N'écris pas « Roi des Juifs », écris qu'il a prétendu être le roi des Juifs. Ponce-Pilate répondit : Ce que j'ai écrit, je l'ai écrit.
(*Jean*, ch. 19 v. 21-22)

Dieu est-il seulement le dieu des Juifs ? N'est-il pas aussi le dieu des païens ! Sûrement, puisqu'il n'y a qu'un seul Dieu.
(*Romains*, ch. 3 v. 29)

Que la femme se taise dans l'assemblée des fidèles, car il ne lui est pas permis d'y parler.
(*I Corinthiens*, ch. 14 v. 34)

Si quelqu'un ne veut pas travailler, qu'il ne mange pas non plus.
(*II Thessaloniciens*, ch. 3 v. 10)

(Citations recueillies par Pierre Gripari)

LES TROIS C...

A Nicolas
A Isabelle

CONDAMNATION

«André Chénier, saint patron des Ronchons». Voilà une épitaphe que le Club des Ronchons devrait faire graver sur la tombe de ce martyr de la Révolution. Victime des idées nouvelles (cf la bêtise de St Just «Le bonheur est une idée neuve en Europe»), André Chénier finit la tête dans la lunette le 7 Thermidor an II, deux jours avant la chute de Robespierre.
La chance ne sourit pas aux Ronchons.
Changement de décor. Nous sommes en 1990. Le Ronchon est au banc des accusés.
Les actes d'accusation tombent:
«Ne crois pas au bonheur.
Ne couche pas dans le lit intellectuel de Marguerite Duras.
Préfère Jean Dutourd à Julien Gracq.
N'a jamais adhéré aux pensées en *isme* (l'expression «Socialisme à visage humain» lui fait peur).

Traite ses compatriotes d'amnésiques, d'incultes et d'illetrés.
N'éprouve aucun désir de visiter Harlem (New York).
Dénonce les splendeurs de notre temps : Pyramide du Louvre, Arche de la Défense, Opéra-Bastille et généralement l'architecture contemporaine ».
Le Ronchon version 1990 n'est pas dans le coup. C'est son honneur. JE ne suis pas dans le coup. A vingt ans et quelque, c'est mon principal titre de gloire.
Jeunesse, je vous hais.
Je vous hais, vous et les « démagos » rose-bonbon qui vous enrobent. On vous dit : « Allez les jeunes ! Vive la jeunesse ! » Non jeunesse ! N'y allez pas. Mourez ! Mon propos vous ne l'entendrez pas, non pas que vous êtes sourds, mais plutôt lâches... La lâcheté, votre vertu cardinale.
Vous ressemblez à Erich Von Stroheim, l'homme qu'on aimait haïr. Comment ne pas jouir à vous regarder vous perdre dans les niaiseries musicales, littéraires et vestimentaires venues d'Outre-Atlantique ?
Les Américains nous méprisent, pour ne pas dire plus.
Les Etats-Unis n'ont pas oublié les milliers de jeunes (des vrais, eux) morts pour nous libérer ou plutôt pour gagner une guerre américaine en 1945.
Alors, ils se vengent, non pas militairement mais sur le terrain de la culture*. Cela fait trente ans qu'ils font de l'entrisme en nous envoyant le roi Jackson, la reine Madonna et leur enfant Prince. Et vous jeunesse, restez passifs. La dictature soi-disant culturelle de l'Oncle

* Entendez culture dans son acception moderne et non pas au sens propre, c'est-à-dire culture de la pomme de terre, du chou, etc.

Sam vous semble plus «douce» que celle de Pinochet, Castro et Compagnie. Vous avez tort. Prenez exemple sur les Roumains, les Polonais, les Tchécoslovaques, ils ont su faire face à l'envahisseur. L'accouchement de la pseudo démocratie fut douloureux mais regardez-les... Ils n'ont rien, pas de pain, pas de Springsteen, pas de Donovan et ils croient en leur «bonheur».
Que faites-vous de votre jeunesse?
Faut-il se faire une gloire de louer «Möttley Crue», «Heavy Metal», «Bon Jovi», les «Beasty Boys»?
Dutourd a raison, faut-il se faire une gloire de son deshonneur?
Tout cela pour vous dire que vous êtes les complices et les premières victimes de l'abrutissement général qui déferle sur notre pays. Alors que vous pourriez être de solides paratonnerres, vous vous abritez sous de pauvres chênes défraîchis. Cela semble vous convenir... Alors...
Démerdez-vous!!!
«Il n'y a plus de jeunesse». Hélas! Il n'y a plus que cela.

CRI

Le mot *modestie* a disparu de mon dictionnaire.
«La modestie est la vertu des coquins» (Schopenhauer).
Ni vertueux, ni coquin, pourquoi serai-je modeste?
La nature m'a doté d'un don, ronchonner. Je ne fais que cela. Le Ronchonnage est une philosophie réservée

à une espèce patricienne. Pour cette raison nous devons la sauver bref, nous sauver nous-mêmes. Comment ? En ronchonnant.
Ronchonner et dénoncer les sous-produits de la littérature moderne, Madame Duras, forcément Madame Duras, en tête. Ronchonner et refuser le progrès c'est-à-dire préférer la bonne vieille machine à écrire à l'ordinateur Mac-Machin, etc.
En un mot, ronchonner pour sauver notre âme sensible, l'âme du Ronchon !

COLÈRES

Depuis que je connais Ronchon Paucard Premier, je me demande pourquoi je n'ai pas créé avant lui le club dont je suis (quand même) membre. Je ne m'en console pas. Paucard a gagné, quelques années avant sa mort, la postérité. Il est César. Qu'il sache que dès à présent je suis prêt à prendre la relève. Je le tuerai, je serai son Brutus. Je rencontre tous les jours des bébés Ronchons. Des bébés éprouvés par les maux et les mots de la Société moderne.

Il faut consommer son écœurement sans modération.
Il faut expier chaque jour davantage sa haine.
Il ne faut surtout pas être aimé.
Il faut se faire des ennemis, les amis suivront.
Bref, il faut vivre sans bonheur.

Ne croire en rien sauf en soi-même, se battre contre les

faiseurs de morale, c'est cela le destin du Ronchon, donc le mien.
Chénier partagerait cet avis lui qui écrivit :
« Allons, étouffe tes clameurs ;
Souffre, ô cœur gros de haine, affamé de justice.
Toi, vertu, pleure si je meurs ».

Christophe Le Vaillant

LA PART DES ANGES
(Extraits)

Le temps qu'il fait et la table sont en France les deux sujets de conversation favoris depuis que l'affaire Dreyfus a dégoûté des sujets sérieux.

On soutient que les prisons sont trop petites et que l'atmosphère y est malsaine, ce qui n'est que trop évident. La solution efficace et économique, c'est le plein air, le scoutisme du regretté Baderne-Powell. Des villages, des villes entières de tentes sur de larges espaces où l'on peut courir, jouer, travailler, chanter en chœur sous des uniformes plaisants. Des stades, des piscines, des bâtiments communs en planche, peints de couleurs gaies, abritant des cantines savoureuses, des bibliothèques éclectiques, des salles de sport, des bordels, des distributeurs de préservatifs ou de chewing-gums, quelques usines même pour reposer du labeur des champs... Et tout autour, des barbelés fleuris truffés de radars avec quelques gendarmes débonnaires faisant pisser au pied de pins sylvestres des chiens-loups affectueux. Des millions de voleurs pourraient ainsi être retirés de la circulation, si heureux de leur sort qu'ils se refuseraient à en changer. Mais personne ne veut en entendre parler parce que Hitler et sa clique, Lénine et sa bande, ont criminellement déshonorés la notion si utile et si sociale de camp de concentration.

Dans les villes comme dans les campagnes, les vieilles dames solitaires sont la cible privilégiée de malfrats qui les rouent de coups, leur chauffent les pieds, les pillent, les violent quand ils ont du courage, et leur appliquent trop souvent la peine de mort. Très ferrés sur les droits de l'homme, ils sont moins avertis sur les droits de la femme.

L'optimisme est une satanique doctrine, qui mène ses fidèles de déception en déception, jusqu'à ce que la mort les déçoive pour de bon. Alors que les pessimistes, qui croient au péché originel, découvrent toujours, en cherchant bien, un petit sujet de satisfaction.

Hubert Monteilhet

CORRESPONDANCES
(I)

A un journaliste

Monsieur,

J'ai lu avec intérêt l'articulet que vous avez consacré à notre maison dans un récent numéro de votre magazine. Vous n'êtes manifestement pas très satisfait du fonctionnement de notre magasin et vous avez parfaitement le droit de faire connaître votre opinion.

J'aimerais toutefois vous apporter une précision: vous n'êtes pas satisfait du fonctionnement de ce magasin car vous n'avez pas COMPRIS ce fonctionnement: chez nous, on laisse le client tranquille, il peut rester le temps nécessaire pour faire ses choix, personne ne viendra le déranger. Aucun autre magasin n'offre cette possibilité. Tous les professionnels du monde de la musique (mais en êtes-vous?) savent cela. Si un client désire consulter un catalogue, on le lui confie. L'étendue de notre choix, unique en France, et ne pouvant faire l'objet d'aucune comparaison avec un autre magasin de musique quel qu'il soit, ne nous donne pas la possibilité de nous occuper cas par cas de chacun de nos clients.

En ce qui VOUS concerne: une vérification dans notre fichier, nous révèle que vous êtes client depuis un certain nombres d'années, et un client même assidu puisque votre plus récente commande date du mois de Novembre. Cela m'amène tout naturellement à me poser une question: pour quelles obscures raisons, si vous êtes si mécontent, ne vous plaignez-vous pas au propriétaire, c'est-à-dire moi-même. Et surtout, quel inconscient masochisme vous pousse à renouveler vos visites chez nous? Trouvez-vous que règler ce genre de compte par voie de presse (et quelle presse!) soit très élégant? Et cela est d'autant moins élégant que ce que vous reprochez à ces jeunes filles de ne pas faire, elles l'ont fait précisément pour vous! Votre commande est là pour en témoigner.

Puisque ces jeunes filles vous déplaisent, alors, de grâce, laissez-les en paix et prenez-vous en à moi. Mais votre terrifiante lâcheté vous fait sans doute reculer devant cette possibilité. Le combat serait inégal, je n'en disconviens pas.

En ce qui concerne un éventuel droit de réponse à votre articulet, je n'en demanderai pas. Le seul fait que notre magasin ait été cité dans votre journal est déjà en soi une indélébile salissure. Une fois suffit. Je connais les lecteurs de ce magazine: ils redemanderaient leur argent si le quart d'un mot littéraire leur était servi. Je connais également la catégorie de gens de plume dont vous faites partie: des gnômes fielleux et incultes, prêts à tout pour un salaire de misère, qui ne savent que trop que leur insignifiante médiocrité les condamne à un éternel anonymat et que le statut lointainement contemplé de « journaliste » leur est à jamais défendu...

Cette vermine, dis-je, va de torchons en feuilles de choux, déposer ici et là ses impuissantes défécations. Mais peut-être est-ce finalement un bien pour nous. On dit qu'il vaut mieux susciter la méchanceté que l'indifférence.

Quant à vous, peut-être vous reste-t-il quelques parcelles d'honnêteté? Si c'est le cas, téléphonez-moi (vers 18 h.30), prenons rendez-vous et je vous remettrai personnellement votre commande.

Recevez monsieur, mes salutations distinguées.

Bernard Peyrotte

(II)

Destinataire: Direction générale
Gendarmerie Nationale.

Messieurs,

Le lundi 9 octobre 1989, à 16 h.20, j'ai été arrêté à l'entrée de Villers-Cotteret par deux gendarmes dépendants de votre brigade motorisée.

Ils m'ont courtoisement demandé de ranger ma voiture sur le côté, ayant été « noté » à 144 km/h., 500 mètres plus haut.

Il se trouve que je menais à la gare de Villers un ami américain qui devait prendre le train de 16 h.47 pour Paris.

Je leur ai donc déclaré: « Laissez-moi partir pour la gare avec la voiture, je dépose mon ami et je reviens... » A mon plus grand étonnement (partagé par mon ami) ILS M'ONT LAISSÉ PARTIR !!!

Vous voudrez bien noter que rien ne m'obligeait à revenir (pas de constat, de ce fait et pas de délit de fuite puisque parti avec leur accord).

Bien entendu, comme je n'ai qu'une parole, je suis revenu 10 minutes plus tard et ils ont pu « verbaliser ».

Que l'on arrête un automobiliste sous un prétexte quelconque, soit. Mais que ce même automobiliste puisse aussitôt repartir en débitant n'importe quelle excuse, qui plus est, revenant seul alors qu'il était accompagné, voilà qui ne relève pas du domaine de la courtoisie, mais de l'incompètence la plus totale ! Cela signifie, EN CLAIR, que n'importe qui peut voler ma voiture (BMW série 7) et se balader librement dans toute la France sans vraiment courir de grands risques !

A l'heure où on nous rebat les oreilles avec le manque d'effectifs de la Gendarmerie et la recrudescence du banditisme et du terrorisme, voilà de quoi, assurément, jeter un doute sur la sécurité à laquelle nous avons droit.

J'ajouterai que je n'avais aucun papier sur moi et que je n'ai pas entendu le gendarme verbalisateur contacter par radio le fichier carte grise, ne serait-ce que pour vérifier que le nom que je lui avais donné correspondait bien à la plaque minéralogique !

Il me semble que vous êtes en ce moment un peu trop obnubilé par les contrôles de vitesse et que cela va vous amener à négliger beaucoup d'autres tâches essentielles.

Sur ce contrôle, j'aurais également beaucoup à dire, mais mon dossier sera pour le tribunal.

Je sais que l'Administration ne répond JAMAIS, mais une exception me ferait plaisir.

Recevez, messieurs, l'expression de mes sentiments les meilleurs.

Bernard Peyrotte

(III)

Destinataire: Lycée technique-Mulhouse

Messieurs,

Au mois de juin 1989, le ministère de l'Education Nationale, par votre intermédiaire, nous a fait parvenir la somme de 2.800,02 FF.

Notre société n'a jamais établi de relation avec votre établissement, aussi avons-nous été surpris, au début, de recevoir cette somme.

Toutefois, nous sommes tellement connus et célèbres que nous comprenons fort bien qu'un public enthousiaste et fanatique veuille nous récompenser d'exister en subvenant à nos besoins.

Ceci semble avoir été compris dans les plus hautes sphères de l'administration.

Toutefois, nous attirons votre attention sur la modicité de cette somme qui ne permet guère, par ces temps d'inflation, de réaliser beaucoup de folies.

Vous voudrez bien, par conséquent, transformer ce versement annuel en un versement hebdomadaire. Nous ne vous donnons pas nos coordonnées bancaires, vous les connaissez déjà.

Salutations distinguées.

Bernard Peyrotte

BONHEUR, QUE DE CRIMES...

Les flottements de la pensée de mes contemporains, leur logique approximative; le règne du flou artistico-intellectuel nourrissent le plus gros de mes quotidiennes bouffées ronchonnantes. Je serai donc ici et à l'inverse, précis. C'est au Journal Officiel du 30 avril 1986 qu'on peut lire, au terme de quelques lignes fondant le Club des Ronchons, l'objet suivant: *étudier l'horreur du bonheur.*

Objet d'une sobriété proprement philosophique, digne du marbre et du ciseau du sculpteur. On ne remerciera jamais assez Alain Paucard, qui le formula, de soumettre ainsi un contingent — même modeste — de ses contemporains, à une règle aussi stimulante.

Car le soussigné a de bonnes raisons professionnelles de constater, jour après jour, que la recherche du bonheur — individuel ou collectif, terrestre ou céleste, naturel ou artificiel, originel ou ultime — engendre bien la plupart des calamités de l'époque.

Passons rapidement sur la recherche du bonheur par

l'usage des drogues. De quoi s'agit-il en effet? D'une pyramide d'individus dont la base se ruine, à tous les sens du terme, à rechercher l'inaccessible — le Nirvâna instantané, équivalent cérébral du potage minute. Le sommet, lui, accumule des sommes colossales à des fins tout aussi consternantes. Nulles comme on dit maintenant. Qu'est-ce en effet que l'idéal de bonheur d'un trafiquant haut-de-gamme, disons du chef d'un «Cartel» colombien? Cela, les télévisions nous l'ont donné à voir. Chez lui? Du faux Louis XV. Du doré partout. Après lui? Ses enfants, élevés chez les bons Pères. Autour de lui? Faire le Bien. Des stades... Des Hospices... Des orphelinats. Bientôt, sans doute, des centres de réinsertion de toxicomanes. Un idéal mi-banquier beyrouthin, mi-député démocrate-chrétien. Passons donc.

Pour en venir à des individus sans doute moins productifs en terme de destruction massive, mais plus médiatiques encore: les terroristes. Là, nous sommes très exactement au cœur du problème. Quel est en effet le point commun à tous ceux qui pratiquent la violence à des fins politiques? L'appartenance à une internationale? Fariboles. L'idéologie? Nenni. *Le modus operandi*? Pas décisif. Tous en revanche, sont des utopistes frustrés, des humanistes contrariés. Confrérie placée sous le patronage de cet ennemi farouche de la peine de mort que fut Robespierre, jusqu'au moment où... Et dont on ne saurait assez souligner la malfaisance. Celle, en bref, des moutons rendus enragés par les obstacles dressés entre eux et leur Graal, leur Terre Sainte ultime, le bonheur.

Bonheur de voir le peuple X connaître les joies indicibles de l'hymne national, du scrutin d'arrondissement, de la feuille d'impôts et du championnat de foot. Bonheur de voir la classe ouvrière vaquer pacifiquement sur une planète débarrassée de l'impérialisme. Bonheur sublime d'un monde délivré de «l'arrogance mondiale», des ennemis de la Vraie Foi, où des bambins gambaderaient au milieu des décombres des cliniques d'avortement.

Soyons concrets. Les noms mêmes, et les itinéraires des mouvements terroristes expriment la quête — frénétique mais contrariée — du bonheur. Deux exemples.

Le Sentier Lumineux? (pour les non-initiés, la variante péruvienne des Khmers rouges) Vous souvenez-vous de l'image du catéchisme, celle de la voie ardue qui mène à la Félicité et le chemin délicieux, mais traître, du vice? Mao ne pouvait laisser passer un clicheton aussi efficace. Intégré dans son Petit Livre, il est devenu le Sentier Lumineux de la Révolution. Qui mème où, d'après vous?

La Fraction Armée Rouge? Elle a pour origine un groupe à proprement parler missionnaire, prêchant l'évangile révolutionnaire aux masses immigrées de l'Allemagne fédérale — pour faire leur bonheur, bien sûr. Le truc pour les allécher était un réseau de crèches gratuites. Echec sur toute la ligne. Frustrés dans leur vocation, empêchés de faire le bien des gens — au besoin malgré eux — missionnaires et jardinières mirent leurs échecs au compte de l'impérialisme et s'emploient depuis lors à assassiner ses représentants. Voilà où mène l'obstination extrême à rechercher le bonheur. A massacrer, machette au poing, des touristes aux environs d'Ayacucho. A faire exploser des mercèdes et les banquiers qui en occupent les sièges arrières. Si tout cela n'éclaire pas, ne justifie pas l'objet du Club des Ronchons, rien ne le fera jamais.

Je conclurai par une proposition. Celle d'un modèle parfait d'anti-héros pour les Ronchons. Son portrait, s'il existe, devrait figurer au mur de la salle où le Club se réunit. Il s'appelait Pierre Chevet. Il était protestant, nous dit Robert Sabatier dans son savant «*Dictionnaire de la Mort*» et vigneron à Villeparisis. Il savait également son Nouveau Testament «sur le bout des doigts» ce qui est un peu troublant. Peu après la saint-Barthélémy, il fut supplicié place Maubert. Malgré d'atroces souffrances, dit la chronique, il n'eut pas une plainte, se contentant de répéter «Dieu, que je suis heureux».

Le bonheur et rien d'autre? Merci bien.

Xavier Raufer

Mars 1990

GROGNARDS = RONCHONS

Furent-ils les ancêtres des Ronchons, ces grognards de Napoléon qui ne cessaient de grommeler pendant les campagnes et que symbolise superbement Michel Simon dans l'*Austerlitz* d'Abel Gance? Il a perdu ses deux oreilles et clame sa fureur parce que l'Empereur ne pourra plus les lui tirer ou les lui pincer.

En Espagne, les grognards se plaignent qu'il fait trop chaud. Et il est vrai que ceux qui tombent entre les mains des insurgés sont précipités dans des cuves d'huile bouillante. Mais pourquoi se plaindre quand tout baigne dans l'huile? En Russie, ils ont trop froid. Bien sûr, les paysans qui les capturent les exposent de nuit, sans vêtements et couverts d'eau, à la froidure. Là encore, se rendent-ils compte qu'ils sont en train d'expérimenter la future industrie des congelés? Jamais contents, en somme. Et toujours en train de se battre. Ridley Scott, dans son film *Les duellistes*, nous en a présenté deux qui ne cessent de se défier au pistolet et au sabre dans tous les coins de l'Europe, ayant depuis longtemps oublié le motif de leur querelle. Parce qu'ils se doivent d'être de mauvaise humeur.

Et Lui? Encore plus ronchon que ses soldats.

Quand les langues se délient, sous la Restauration, on l'accuse d'arracher les ailes des mouches et de pincer les femmes : la haine du ronchon pour les femmes et les animaux (il chasse à coups de pied l'infortuné carlin qui dormait avant son mariage au fond du lit de Joséphine). Et il détestera les plantes vertes de Sainte-Hélène. Il ne rit jamais, sourit à peine, la main dans son gilet pour n'avoir pas à la tendre à son vis-à-vis, attitude grincheuse par excellence. Peut-être songe-t-il aussi que Gérard Oury l'incarnera cent ans plus tard à l'écran. De quoi vous rendre de mauvaise humeur. Mais le meilleur ronchon n'est-il pas en définitive Cambronne, lançant, à un Anglais qui lui demande de se rendre, son fameux « mot » ?

Ah ! on savait ronchonner en ces temps héroïques !

Jean Tulard

PORTRAIT - MANIFESTE DU LITTÉRAIRE POST-MODERNE

En littérature, personne n'est jamais dépassé, sauf peut-être les «avant-gardes».

Imaginez l'université française dans quelques décennies. Essayez de savoir quelles idoles encenseront toutes ces belles générations pondues à grands frais par les merdiers pédagogiques: Sartre? Barthes? Goldorak? Guy des Gares? L'ennui avec les «avant-gardes», les révolutions culturelles et les «inventeurs de langage» (en général, quand on prétend inventer un langage, c'est qu'on n'a plus rien à dire, comme un musicien qui ferait des gammes à l'envers) est qu'ils datent, qu'ils se datent.

Moi, je suis intemporel, comme tout ce qui est incréé. Intemporel, donc éternel. Pour le moment, un moment qui dure, je ne suis pas de mise. On me dit...

CLANIQUE:

«La grande famille des humains est une utopie digne de la logique des médiocres». Comme Lautréamont, je ricane sur ceux qui courent après l'omnibus. Vers la morgue.

DÉMODÉ :

Je m'en moque, les seules modes qui m'intéressent sont celles qui durent plus de dix siècles. Comme Rome ou, à la rigueur, les Pyramides. Il paraît que j'ai sur l'histoire des opinions plus que maudites : irrespectueuses, surtout vis-à-vis des grands mythes nationaux. La notion de progrès me fait rire.

En politique, je suis resté Gibelin, ou Bonapartiste, par goût de l'élégance militaire et des beaux habits de guerre. De toutes façons du Parti Impérial, sous toutes ses formes. je me veux...

EUROPOLITE :

L'universel est toujours pauvre. Je ne conçois les échéances politiques qu'à un siècle, ça me rend agaçant, car les histrions n'aiment pas les mémoires longues. Je ne me suis jamais souillé les mains avec un bulletin de vote.

INACTUEL :

Mes valeurs n'appartiennent pas à ce temps. Je suis un vaincu du passé, un barbare mort avec les derniers païens, les derniers condottières, les derniers poètes errants. Je me veux aussi graine, spore en attente de l'eau.

Et l'eau court, déborde du temps des petits hommes, car le vide des mémoires laisse la place à de curieuses résurgences. Je suis un clandestin officiel. Entre Alex d'*Orange Mécanique* et l'anarque déterré par Jünger. Je ne revendique pas ma liberté, je la possède, par le pouvoir de tuer, par le désespoir tranquille, l'anespoir.

Je ne hurle pas car il m'importe peu d'être entendu. Je ne possède rien : des livres, des armes et du vin.

« Ferment de décomposition du corps social ». J'ai pourtant pensé l'Etat, et n'ai pu le vivre parce que l'Etat est mourant, rongé par un chancre triomphant nommé Régime.

LITTÉRAIRE :

Démodé parce que « littéraire », sans érudition ni verbiage. Mythomane, logophile et, si possible, truand. Ecrire nécessite une graphomanie doublée d'exhibitionnisme. Je lis, tout. La littérature devrait se parcourir comme une enfilade de tableaux. Et l'analyse ne sert qu'à jouir.

MÉCHANT :

Comme les bonnes histoires. Je ne me vois pas en « surviveur » potentiel ou en victime frileuse réfugiée dans sa peur, à bramer après des droits ou à marmonner des psaumes crasseux, ni à fouiller les poubelles d'une histoire qui pue. Les détritus qui me font vibrer sont trop vieux, pièces archéologiques mythophores. Je me crée des mythes qui sont ceux des hominiens fondamentaux ou de leurs petits-fils casqués. Mes dieux sont indistincts et brumeux, je les vénère dans mon sang et mon sperme. Je donne tous les temples pour une forêt interdite, et toutes les forêts pour un néotemple atomique. D'ailleurs les cieux sont vides.

« Les bons sentiments sont toujours subversifs. Ils sabotent toute volonté de résistance, de survie individuelle ou collective ». Ceci dit sans aucun souci d'originalité. Je me satisfait de savoir lire, marcher, faire l'amour, tuer et mourir. Car les «vieux» dieux (ceux qui sont sans âge parce que sans date) ne pensent qu'à la guerre et au cul, les deux seules occupations littéraires possibles.

OBSÉDÉ:
Je meurs en pensée chaque matin et je vis mieux d'être inutile dans un monde où tout a tant d'importance, où tout est si grave, tout est problème, sérieux.

«La sériosité est bestiale».

SAGE:

Je sais: Dé-cadence. Rupture de la cadence, arythmie de la puissance, ratés prémonitoires du moteur qui subit les cahots (chaos?) du déclin.

Je vous regarde vous agiter.

Marc Vidal

PENSÉES RONCHON

En voilà de sales types, les gens !
Alphonse Allais — *A se tordre*

La forme la plus courante du bonheur consiste à ignorer que l'on n'est pas heureux.
Anonymous — *Cruelle Zélande*

Mourir, ce n'est rien. Commence donc par vivre. C'est moins drôle et c'est plus long.
Jean Anouilh — *Roméo et Jeannette*

Ce sont toujours nos bons sentiments qui nous font faire de vilaines choses.
Id° — *Ardèle ou la marguerite*

Car l'espoir des vaincus est de n'espérer point.
Agrippa d'Aubigné — *Hécatombe à Diane*

Il est honnête... Il a donc de quoi ?
Emile Augier — *Les Effrontés*

Etre heureux, ce n'est pas bon signe, c'est que le

malheur a manqué le coche, il arrivera par le suivant.
Marcel Aymé — *En arrière*

Il est moins dangereux d'assommer une rentière que d'exprimer une opinion.
Id° — *Le confort intellectuel*

Nos bonnes actions sont souvent plus troubles que nos péchés.
Id° — *Vogue la galère*

Les vieux se répètent et les jeunes n'ont rien à dire. L'ennui est réciproque.
Jacques Bainville — *Lectures*

Il n'y a que les gens médiocres pour penser à tout.
Honoré de Balzac — *Pierre Grassou*

Un grand politique doit être un scélérat abstrait sans quoi les sociétés sont mal menées.
Id° — *La maison Nucingen*

La méchanceté combinée avec l'intérêt personnel équivaut à beaucoup d'esprit.
Id° — *Les employés*

La bêtise a deux manières d'être: elle se tait ou elle parle. La bêtise muette est supportable.
Id° — *Splendeurs et misères des courtisanes*

Les crimes de l'extrême civilisation sont certaine-

ment plus atroces que ceux de l'extrême barbarie.
Jules Barbey d'Aurevilly — *Les diaboliques*

Sait-on bien au juste, à quel point il faut peu de talent pour réussir?
Id° — *Disjecta membra*

Les charmes de l'horreur n'enivrent que les forts.
Charles Baudelaire — *Danse macabre*

Je n'ai aucune espèce de joie à faire le bonheur des gens qui ne me plaisent pas.
Tristan Bernard — *Jules, Juliette et Julien*

Le monde moderne: une Atlandide submergée par un dépotoir.
Léon Bloy — *Exégèse des lieux communs*

Dans toute exposition internationale, il y a la section des arts industriels. C'est même une des choses dont notre civilisation s'honore le plus.

Pourquoi donc pas une *littérature industrielle* avec l'étiquette franchement, distinctement écrite sur le bocal?

Ce sera la gloire de ces messieurs d'avoir eu l'audace généreuse d'en finir une bonne fois, ouvertement, avec le préjugé d'une littérature hautaine et fière, indifférente aux progrès de la vitale industrie et dédaigneuse du génie de la spéculation moderne.
Id° — *Le pal*

L'ouverture, c'est le relâchement.

Anthony Burgess — *Les puissances des ténèbres*

Talentueuse entreprise de pompes funèbres: la presse française.

Drieu la Rochelle

On vit très bien sans avenir.

Henri Calet

Plus on est haï, je trouve, plus on est tranquille.

Céline — *Bagatelles pour un massacre*

Faire confiance aux hommes, c'est déjà se faire tuer un peu.

Id° — *Voyage au bout de la nuit*

Quand on n'a pas d'argent à offrir aux pauvres, il vaut mieux se taire.

Id° — Id°

C'est pour mourir qu'on a besoin de quelqu'un.

Id° — *L'église*

La vie, c'est des répétitions jusqu'à la mort.

Id° — *Féerie pour une autre fois*

La grande prétention au bonheur, voilà l'énorme imposture! C'est elle qui complique toute la vie! Qui rend les gens si venimeux, crapules, imbuvables. Y a

pas de bonheur dans l'existence, y a que des malheurs plus ou moins grands, plus ou moins tardifs, secrets, différés, sournois...
L.F. Céline — *Mea Culpa*

Les ignorants lisent les journaux
Chaval — *Les gros chiens*

Mieux vaut pleurer que rire à contre-temps.
Id° — Id°

Etre moderne, c'est bricoler dans l'incurable.
Cioran — *Syllogismes de l'amertume*

L'homme a besoin, non pas tant de son propre bonheur que de savoir et de croire à chaque instant qu'il existe déjà quelque part un bonheur absolu.
Dostoïevski — *Les possédés*

L'avenir est ce qu'il y a de pire dans le présent.
Flaubert — *Pensées*

Il ne faut pas demander des oranges aux pommiers, du soleil à la France, de l'amour à la femme, du bonheur à la vie.
Id° — Id°

Le bonheur est une monstruosité! Punis sont ceux qui le cherchent.

Id° — Id°

Enfin, je crois avoir compris une chose, une grande chose, c'est que le bonheur pour les gens de notre race est dans *l'idée* et pas ailleurs.
Id° — Id°

Le bonheur est un mensonge dont la recherche cause toujours les calamités de la vie. Mais il y a des paix sereines qui l'imitent et qui sont supérieures peut-être.
Id° — Id°

En fait d'injures, de sottises, de bêtises, etc., je trouve qu'il ne faut se fâcher que lorsqu'on vous le dit *en face*. Faîtes-moi des grimaces dans le dos tant que vous voudrez, mon cul vous contemple!
Id° — Id°

La presse est une école d'abrutissement, parce qu'elle dispense de penser. Le premier remède serait d'en finir avec le suffrage universel, la honte de l'esprit humain.
Id° — id°

Quand on observe avec attention la vie, on y voit les cèdres moins hauts et les roseaux plus grands.
Id° — Id°

Ce qui entend le plus de bêtises dans le monde est peut-être un tableau de musée.
Edmond et Jules de Goncourt — *Journal*

Il n'y a plus de société, du moment qu'il n'y a plus de castes, du moment que 89 a désappris le respect des inégalités sociales. L'envie, la maladie incurable de l'humanité, qui croît avec intelligence développée, règne et gouverne et tout est près de pousser le monde à l'absurde et au laid... Le pape et le bourreau? Peut-être...

Edmond et Jules de Goncourt — *Id°*

Ce qui est immoral, c'est la bêtise.

Remy de Gourmont — *Dialogues des amateurs sur les choses du temps.*

Le grand cauchemar qui hante l'intellectuel de cet époque, Lautréamont l'a décrit: c'est celui de l'enfant qui court derrière l'omnibus.

Julien Gracq — *La littérature à l'estomac*

L'avis de la majorité ne peut être que l'expression de l'incompétence.

René Guénon — *Crise du monde moderne*

Vouloir être de son temps, c'est déjà être dépassé.

Ionesco — *Notes et contre-notes*

Les joies des hommes sont aussi horribles que leurs douleurs.

Pierre-Jean Jouve — *Le monde désert*

Avant d'obliger un homme, assurez-vous bien d'abord que cet homme n'est pas un imbécile.

Eugène Labiche — *Le voyage de monsieur Perrichon*

Ils se taisaient ; car c'étaient des hommes qui connaisaient la valeur des mots et ne gaspillaient pas leur parole.

Thomas Mann — *Le prophète*

L'amour de l'humanité est un état pathologique d'origine sexuelle qui se produit fréquemment à l'époque de la puberté chez les intellectuels timides.

André Maurois — *Les silences du colonel Bramble*

Les jeunes n'ont pas besoin de maîtres à penser, mais de maîtres à se conduire.

Henry de Montherlant — *Carnets*

Mourir pour une cause ne fait pas que cette cause soit juste.

Id° — *Les lèpreuses*

Le monde ressemble affreusement au monde.

Roger Nimier — *Le hussard bleu*

Le bonheur seul est salutaire pour le corps, mais c'est le chagrin qui développe les forces de l'esprit.

Marcel Proust — *Le temps retrouvé*

On n'est pas heureux: notre bonheur, c'est le silence du malheur.

Jules Renard — *Journal*

C'est une question de propreté: il faut changer d'avis comme de chemise.
Id° — Id°

On finit toujours par mépriser ceux qui sont trop facilement de notre avis.
Id° — Id°

Tolérez mon intolérance.
Id° — Id°

J'ai les ennuis en horreur, mais ils me fouettent, me rendent talentueux. La paix et le bien-être me paralysent, au contraire. Donc être nul ou éternellement embêté. Il faut choisir.
J'aime mieux être embêté, je le dis.
Id° — Id°

Je ne vais dans le monde que quand j'ai envie de ne pas m'amuser.
Id° — Id°

Les gens heureux n'ont pas de talent.
Id° — Id°

Un classique est un écrivain qui veille sur la tradition.
Id° — Id°

Etre heureux n'est pas le but, mais il faut au moins l'avoir été.
Id° — Id°

J'ai connu le bonheur, mais ce n'est pas ça qui m'a rendu le plus heureux.
Id° — Id°

Non, non ! Merci ! Pas ce soir. Je ne fume que quand j'ai bien dîné.
Id° — Id°

— Enfin, mon ami, pourquoi faîtes-vous toujours une tête comme ça ?
— Je ne la fais pas quand je suis seul, chez moi. Je ne la fais que dans le monde, au milieu des imbéciles.
Id° — Id°

L'humoriste, c'est un homme de bonne mauvaise humeur.
Id° — Id°

Si l'on bâtissait la maison du bonheur, la plus grande pièce en serait la salle d'attente.
Id° — Id°

Quand un homme dit : « Je suis heureux », il veut dire bonnement : « J'ai des ennuis qui ne m'atteignent pas ».
Id° — Id°

La vie est courte, mais on s'ennuie quand même.
Id° — Id°

L'homme heureux et optimiste est un imbécile.
Id° — Id°

Les hommes naissent égaux. Dès le lendemain, ils ne le sont plus.
Id° — Id°

Mirabeau est capable de tout pour de l'argent, même d'une bonne action.
Rivarol

La passion satisfaite, elle aussi, conduit plus souvent au malheur qu'au bonheur.
Schopenhauer — *Métaphysique de l'amour*

Cest toujours un peloton de soldats qui a sauvé la civilisation.
Oswald Spengler — *Le déclin de l'Occident*

On ne peut aller nulle part sans rencontrer des gens intelligents. C'est un vrai danger public. Dieu fasse qu'il nous reste quelques idiots.
Oscar Wilde — *De l'importance d'être constant*

Etre un puritain, un collet monté ou un prêcheur est regrettable. Etre les trois ensemble me rappelle les pires excès de la Révolution française.
Id° — *Lettre écrite de Paris (Juin 1888)*

C'est toujours avec les meilleurs intentions qu'on fait le plus mauvais travail.
Id° — *Le critique en tant qu'artiste*

Je n'écris pas pour plaire à des coteries. J'écris pour mon plaisir.
Id° — *Dans un entretien*

Les philanthropes perdent toute capacité d'humanité, c'est leurs traits distinctifs.
Oscar Wilde — *Dorian Gray*

La femme ne dispose que d'une méthode pour réformer un homme : l'ennuyer si fort qu'il ne puisse plus prendre goût à la vie.
Id° — Id°

(Citations recueillies par Olivier Bailly, Remi Cabel & Alain Paucard)

SOMMAIRE

Achevé d'imprimer
sur les presses des Imprimeries Delmas
à Artigues-près-Bordeaux.

Dépôt légal : mai 1990.
N° d'impression : 34772.